烟火人间

Yanhuo RenJian

杨玉剑 著

南方出版社

图书在版编目（CIP）数据

烟火人间 / 杨玉剑著. -- 海口 ：南方出版社，
2025. 4. -- ISBN 978-7-5501-9660-5

Ⅰ. I227

中国国家版本馆CIP数据核字第2025SD5981号

烟 火 人 间
YANHUO RENJIAN

作　　者	杨玉剑
责任编辑	白　娜
策　　划	泥流文化传媒
整体设计	建明文化
出版发行	南方出版社
邮政编码	570208
社　　址	海南省海口市和平大道70号
电　　话	（0898）66160822
传　　真	（0898）66160830
印　　刷	三河市华东印刷有限公司
开　　本	880mm×1230mm　1/32
印　　张	6.5
字　　数	90千字
版　　次	2025年4月第1版
印　　次	2025年4月第1次印刷
书　　号	ISBN 978-7-5501-9660-5
定　　价	55.00元

告 读 者：如发现本书印装质量问题请与印刷厂质量科联
系　T：010-85717689

目　录 contents

第二辑 牵手大地的温暖

第三辑 星光下的私语

第四辑　捡拾零碎

第一辑

×

沿着黎明启航

我卸下黑夜，让黎明繁殖出

牛羊、花草和山河

澎湃的春天

黑夜找出诗歌的引子

更多的时候，喜欢在黑夜写诗

会在黑夜的衣钵之下，翻出暴动的狮子

翻出生活中，矛和盾各自水涨船高的炒作

会翻出，锻造利刃和锤子的蓝色火苗

也会翻出女人，美酒和坠入床榻的月光

甚至在翻出，哈萨尔母狗难产的悲悯之后

翻出瘸腿黑马，退出赛场的坦然自若

天亮之前，我翻出穷极一生

不被自己谅解的后悔

——所有能翻出的远比这黑夜辽远

多么美妙呀！我双手托着的巨大空间

这多像一个孩子，冉冉升起的童声

我把它们，打扮成一首诗歌诞生的引子

此刻躁动的心，会成为收缰的野马

此刻，我痛饮浩瀚星空而酩酊大醉

此刻，我的身体里长出湖泊、树木

长出酿制美酒的青稞

我卸下黑夜，让黎明繁殖出

牛羊、花草和山河

澎湃的春天

骆驼城

骆驼城，2145 年的精神

守在城池上的光芒

夯土层中，站立的骨头

凝视星海千里传信的马匹

百姓入眠，带有余温的梦

披着七彩霓虹的时光

斑驳的城，一张令牌手握剑

握着血色玫瑰黄沙漫卷的疆场

缀满母性的盔甲，放大河西汉唐

前赴后继的烟火

声声战鼓，引燃孤注一掷的决心

用滴血的剑锋刻下光芒耀眼的王朝

假如历史裂开一条缝隙，定会流出

汉唐急速而来的诏书

定会流出，渗透墨香的大漠落日

披风踏雪策马而来的刀客流尽最后一滴血

定会流出，娇柔女子的红尘恋歌

红唇灌满诱惑的鹰笛催醒驼铃摇曳的黎明

流出繁荣，流出过往

流出今朝

不见雨的秋天

六月，没见一滴雨

我从一根草的嫩芽，开始

计算牧草生长的周期

我看风，看阳光行走的维度

如果我能看到一场雨

同这片土地纠缠

我一定会，大口吞下烈酒

雪线退化，河水断流已久

干裂的土地之上

只有我辽远的孤寂与落寞

而我依然要守着

这里有秋风吹落的草籽

有我完整的母语，还有父亲的叮咛

做自己的王爷

——远比城市的虚伪真实

垭口的经幡猎猎，风向北疾驰

炊烟斜着身子，格桑花面向北方

卑躬屈膝，我举起羊的胛骨

举过头顶，举向苍穹

用父亲的姿势

等待一场

久违的雨

秋天，落寞背后的美

花香，是临时谱写的曲

摆脱一声，炸雷和闪电

诡异的恐吓之后

风暴策马而来，那寒光

揣着杀戮

树的体内灌满风，迷途

的黄叶漫卷

果树纤细的手指，拽不住

一枚果子逃离的恐惧

土地的外衣之上，野花

横尸遍野

逝水柔弱，秋阳没落成

岌岌可危的爱情

或许是渴望太多，斟满劳累

的双眼昼夜睁着

如同灶台内，木柴翻动着

焦躁不安的身子

是谁制造出一场，满载

谎言的阴谋，写下秋天的赞美

我省略掉，饱满圆润的麦田

我省略掉，装满谷仓的笑语

……

我只说，秋风吹来的落寞

在落寞和孤独的背后

同样会翻出诗歌的宫殿和黄金

用一份真实、自然

塑造出我，厮守的

时光

写给父亲

春天，我不再困顿

开始提笔写心中涌动的诗歌

写我少小离家，一路坎坷沧桑

写山川、河流，写父辈

风雨兼程用大地的颜色挥汗成金

写炊烟背后，那一抹远去的夕阳

第一首诗，写给父亲吧

清明，宣示着逝去的人的终结与归零

但我依旧，生火迎接父亲的新生

我们设宴款待久别的父亲，三千多个日夜

被另一个世界封冻，一定很冷

有人说，阴阳之间的距离

是一根蜡烛的长度

但我密密麻麻的记忆，已布满大地

纸灰漫天蝴蝶白，今夜我依旧

斟满酒盅，点燃一盏油灯

祈愿星河升腾，照亮您回家的路

啊！我的风马飞舞的草原

你一生，还能见证

多少欢聚，多少离殇

冬牧场之夜

寒流，腋下夹着钢刀南下

将是，一场游戏般的屠戮

我的大地，闭目，沉默

疼痛，远比我们的想象

更加久远

我舔舐，被风割裂的唇

等待，黑夜攀升到

天宇之后的黎明

有人，离开了这世界

也有人，背弃了爱情

麻木的黑夜里，不再有

甜蜜的语言，热烈的拥抱

此时，我依旧安慰自己留在草原

如同，安慰一朵花不会凋谢

其实，我们都会如季节般死去

然后，被木柴的高温碳化成灰

牧场、牛羊、花朵

抑或我熟悉的星河

我之后的主人将会是谁

最后一批雁群，飞过雪山之巅

南飞的哀鸣，撞击黑夜深色的额头

我疯长的白发，像极了父亲

牵着忧愁，走向尘世

尽头的背影

村落，土地和镰刀

我不再奔走他乡

捡起我遗忘的村落

重新垂首于我的土地和粮食

我随同鸟鸣扶起矮去的院墙

让阳光熨平布满额头的惆怅

院里种树、种花

种我暮色下的清净

守住土地，种植出面包的尊贵

种下，没有滤镜粉妆的子孙

种下柴米油盐，烟火粮仓

日出而作，日落而息

让我的镰刀，收割出成垛的

感动和畅想

让碾子，纯真的笑容恣意飞扬

我们诗酒田园，吟咏山水噪哗远离

我们说麦香四溢，粗茶淡饭的快乐

我们看荷花舒展，听蛙声鸣月

我们让孩子，迎着光

急速奔跑

我狂热大地，岩石和花朵

马蹄声

踏破残夜的最后一丝宁静

秋草扭动出一片丰美，妖娆

牧民是勤劳的，土地是勤劳的

连同婴儿的哭声，也是勤劳的

我在陶赖河的源头

寻找，一首诗歌的基因

阳光坐在雪峰之巅，调遣一条河流

去征讨千里之外的干旱

去吧，千万亩土地

足够你，厮杀出一片

柳暗花明

尘世辽远的土地啊！

对你，我们必须低吟浅唱

必须，给你大地的名字

必须，给你大地母亲的身份

很多时候，我们在阳光下举起

不堪重负的肥头大耳，毫无

羞耻地称自己是大地的主人

当黑夜，飞落树梢

在草丛打下埋伏

我们又以魔鬼的面孔

贪婪地破坏和掠夺着

日月星辰，繁华四季

告诉我，土地在哪里

生命的源头，又在哪里

感谢这个世界

我们用语言解放了愚昧

我开始狂热，生活的一切词汇

包括土地之上的河流，花草

落雨，飞雪，抑或

秋月偷袭我脑壳的

一枚落叶

我狂热于一块岩石

与一束鲜花的爱情故事

我狂热于一切生活的真理

大岔，我母语生长的土地

距大岔村最近的是天空，太阳时常

被牧人扛在肩上

褪了皮的肩膀和脸，是紫外线

打印的山水画。画里流淌着

河流、森林和草原

牛和羊是男人捧在手里

女人焐在怀里的希望

是祖祖辈辈梦里的黄金

炉火燃烧的牛粪，是牦牛的

端在手里的奶茶，是牦牛的

升起的炊烟笔直而洁白

暑假放飞的孩子，滚在草尖上的童年

蛰伏在故土里的母语

若干年后是一张，拉满的弓

骑着高头大马的少年，一只鹰

飞起来的翅膀

乡音回荡的村落

生锈的犁铧，安逸地躺在
院门旁的过道里
拉过犁的驴，已迈不开生锈的蹄子
一对耳朵，拉长天空的距离
张老汉坐在墙角，脸上挂着乌云
他的土地像邻居嫁不出去的丫头
荒废在河滩边上

老伴死了
唯一光鲜的是在广州打工的儿子
干旱的土地不养人，留不住
年轻人即将熄灭的烟火

隔绝与自然的交往，土地永归夜色
看不见犁沟经脉中的青春和梦想
看不见黄昏，围坐在打谷场

共话桑麻的乡亲

看不到锅灶熬出的香气和淳朴

麻雀，依旧在树枝上

等待一颗麦粒的施舍

活着的老人，依旧守着

树叶般稠密的孤独

老梨树，鹰一样的爪子

依旧抓着土地仰视天空的蓝

谁能唤醒一块土地，让粮食和炊烟

泛着橙色的浪回到灶台

让瀑布，在蓝色的天空里倾泻

发出没有遗言的回响

让老人，扶着远眺的目光

看麦浪上滚动的音符

让阳光，透过手指

暖醒花红柳绿

的村落

一棵树陪我老去

村口的那棵树，我看了五十年

确信，我们都看老了彼此

你如果是一棵枣树，一定会

漫延成一片万马奔腾的海

你我之间，有着无数

时光堆积的词语

比如，你头冠上加持的雀巢

孕育出流星般划过的翅膀

比如，我蓬乱纷飞的头发

阻止不了，西天的落日

我们都为看到过，花草以及

山河万物的生长而感慨万分

我们也为，握不住年轮

急切的远去潮湿过双眼

我们也为，相守相望中的争吵

让彼此的沉默深陷于夜的苍茫

村落，安静得像被清空的谷仓

而我们，又在各自的领地

迎送朝阳和晚霞

我们努力地站成活着的符号

你我皆是草木，我们都在

无法预知的未来中

兀自绽放

我无数次，担忧你在风口

摇摆的身骨，成为某个人的仇恨

担忧你会被一把，脸上涂满寒光的

斧子劈成，噼啪燃烧的火焰

其实，我们都不会有返程的季节

我们保持着最后的孤独

我们保持着最后一刻

站立的姿势，向彼此

挥手

草沟城

草沟城里不长草

只是一座被风挫矮的城池

城墙的一处豁口，像一张

巨大的嘴

一定是想以自己的身份，诉说

曾经光辉的日子与隔世的寂寞

对此，我只能猜测

有人说，挖出过

锈蚀的箭镞和陶罐

远处确实有传说中的

汉代墓葬群

在夜色中若隐若现

给人肃穆和庄重

是瘟疫还是王朝更迭的屠戮

瞬间，让一座城池和生命

归于消散的烟尘

我无法在一刻的静坐与冥想中

找到答案

或许，只有那些陶片

会沿着亘古的星河

泄露出世人

未知的秘密

夜　歌

每个夜晚

必须用酒，才能平叛内心的暴乱

偶尔也在铺张浪费的纸上

记下潦草的生活

啊！我汗流浃背的诗歌

竟是如此地厚颜无耻

浪费我惜金如命的日子

又成功地欺骗我去忘记

她在梦里含蓄的倾吐

子夜，在我睡意的缝隙里

轻轻刨出你的影子

淡淡的馨香

女神，一双手无法托举的诱惑

美人，一双眼无法洞穿的深邃

听夜雨，我牵念你一缕甜蜜

佛说，相逢需翻越十座雪峰

还有，十万条河流的阻挡

断崖、陡壁，磨刀霍霍

唯我，化作一只飞鸟

展翅冲过寂寞的关卡

风尖利的手指，刺疼我思念的神经

祈求时光，打磨掉那些苦涩的痕迹

让秋月的花瓣，留住一滴相望相守的承诺

让血液赤诚奔放，纵情流淌成诺言的湖

我的心湖啊！留下一场清澈灿烂的拥抱

等我，等我邂逅一场

丰沛丁涸的颤抖之后

写下你，狂妄而

矜持的年月

春天的歌谣

一抹淡绿

冲破冬月封锁的阴谋

又一次把生命的目光抬高

一只白雀叽叽喳喳

拽走山峦舞动的白裙

隆畅河沸腾的话匣子

没完没了

我与牧羊犬坐在山梁

收获羔羊撒欢的姿态

……

夏日牧场

在能摸到

老天屁股的地方

我的帐篷

我和众多弟兄

赤裸的肩膀

还有枣骝马的背

都是紫外线最美的画板

上面是花、草、牛、羊

还有我流动如云的希望

记忆秋收

肩膀来不及推醒秋天的黎明

季节的色调已占山为王

同样，在属于我的天空里

贩子将一摞生命的纸

塞入我饥饿的口袋

那是羔羊短暂的微笑

换回的一份沉甸

我送别羔羊眷恋的目光

已被蒿草淹没，被山路绊倒

冬窝子

每年的这个李节

酒鬼一样四处闯荡的风

总要把一些化脓的故事

塞进我已生疮的耳廓

嘎娃家的牛被贼偷了

还有卓玛的狗上墙了

还有……

几个婆娘唠唠叨叨

撂进晚霞的激情

比我家羊屁股还丰满

每年的这个季节

我的血液开始冻结

我不想去看被黄昏扔在森林的鸟翼

我更不想摆弄文字松散的骨骼结构

我只想

和衣躺在属于我的日记里

与我的酒杯接吻

暮色与疼痛

黑夜柔软，触手可及
我把身体安放在夜里，突然热爱
被帐篷收住心事后的安睡
我可以同自己探讨那细碎的过往

母亲说，被黑夜圈住的泪痕
会在天明前干涸，那么
劳累和病魔缠身的疼痛
会不会乘夜消失

瘸腿铁匠不见了，连同他
打铁的锤子
火红的皂荚树不见了，连同
裹挟着羊粪味的炊烟

亲爱的，我已泪流满面

我流泪不是疼痛，是因为

我已掩饰不住，安睡

带来的幸福

河西的玉米

河西，种植着成片的玉米

将整个村子装了进去

能让植物站立成士兵的笔直

除了穿过秸秆体内的某些物质

还从农人手里得到了友谊

看那茂密，更像一种

预支的答谢词

凌乱的叶子纠缠不清彼此的界限

似乎玉米棒子的生长与它无关

飞过秸秆夹缝的麻雀与它无关

劳作的女人与它无关

只有风的双手，代替玉米

走出丰盈的步态

我的一片沧海桑田

面颊依偎着灿烂的晨光

试图通过我的手，牵着

饱满的颗粒

溜进谷仓

秋月时分

秋牧场，看不见一棵树

牧草，披着清冷的月光入眠

我看着马匹啃食牧草

如果有树，我一定能

分辨出风到达的位置

草根扎在土里，我的双脚也在土里

我有着与这土地，并肩而立的荣耀

戴胜鸟，不知去向

还有，那涂满胭脂的女人

我裹紧皮袄，等待一场

横渡高原的飞雪

我坐在山梁，寻思牛羊越界的对策

手里攥着，足够它们疼痛许久的石头

智慧和愚蠢的情绪，总会在

指天骂地的途中爆发

栖息于冬牧场的狍子、白臀鹿

以及那成群的岩羊，掠食我的牧草

我诅咒它们突然失去繁殖的功能

除了骑马追赶，我已无能为力

留给我，比胃痉挛更难熬的疼痛

这是我间歇恍惚中产生的情绪

我不该高于一切受造之物而傲然独立

我必须，从人类的狂傲中解脱出来

回归于自己，应有的自省与谦卑

梦在北方

夜坠落的背后

我牵着茫然　抑郁的烈马

用心抚摸着北方遥远的故乡

那一轮冷月黯然伤感的脸色

亦如胡人弯弓射伤的鹰翅

落向灵魂酣睡的家园

我失散的马群啊！

当我端起塞满乡愁的酒盅

你的蹄迹还能否越过我辽阔的孤寂

抑或那些袭扰过昨天的忧伤

山下用一根稻草连接的爱情

正像一把锈蚀的镰刀

收割着那些愚昧的时日

来吧　我的黑马

带走我瘦弱的身躯

我情愿化作一缕风中的炊烟

放弃思念扯碎的疼痛

以及我的羊蹄捣碎的晚霞

我会引领一声狼的长嚎

将自己的灵魂

送向北方

姐姐不哭

清晨，姐姐打来电话

说把自家的羊全卖了

草场以最低价，租给了她

三十多年的老邻居

泛滥成灾的野生动物，以及持续

低迷的羊价是罪魁祸首

如一场浩大的泥石流，摧毁了

能温暖飞翔的巢

她的哭声，是祁连山

膨胀的雪水拍打河岸的涛声

那泪是秋季，最大的一场雨

浇透故乡干涸的草原

那泪从秋牧场，流进她

陌生的城市

姐夫说，他不愿揣着积攒的荒芜

带着无家可归的乡音，咀嚼

难以融入的炊烟

执念的岁月啊！被风暴

席卷的河流

请把爱与痛的脚印

留在岸边

……

噢！大地的孩子

牵着黄昏赶着鸟群的孩子

坐在闪电和风雪之上的孩子

揣着清澈的光阴游牧的孩子

梦中装满宫殿、黄金和白雪的孩子

用羊奶洗净双眼，沿着黎明启程

另一个故乡的水草和野性在呼唤

苦海有岸，那格桑花

开在彼岸

麦浪上的诗行

——致好友新文

一个农民的孩子

一个地地道道被城里人称为

农村娃的孩子

用一根麦秆

在涌动的麦浪上写诗

用一把锹、一把锄

翻出黑土地的灵感和哲理

你在田野上写诗

你用诗歌收割着季节的一切词汇

我的形容，苍白空茫

像一粒没有思想的种子

一个农民的孩子，握着与生俱来的锄头

解剖出诗歌基因的孩子

你的犁，催醒四月我无法逾越的线条

梨花、杏花、枣花

飞鸟、河鱼、彩蝶抑或游荡的云

站立成你内心最绚丽的诗行

九月，一个农民的孩子

与秋风挑着夜灯

从无数季节的怀里，牵出满腔柔情

用汗水、积攒出一池的幸福

这个夜晚，在你诗歌的内心深处

又多了一次，奢侈的微笑

思念孩子

孩子，你的行囊里

塞满我的疼痛

昨夜，我听到了你的惆怅与叹息

我能想象得出 12 岁的你

别离父母的不舍与恐慌

是我，把破败的岁月留给了你

从此，你将在陌生的世界

经受暴风骤雨的捶打

昨夜

你的梦还在炊烟编制的草原

你的梦还在溜冰鞋、遥控车、AK47

杂乱的乐章中闪烁

你的笑声，还在挂满露珠的草尖上打滚

而今夜

我仿佛看到你被夕阳拉长的身子

仿佛又看到你在我的梦里招手

你的泪斟满我满是疼痛的酒杯

孩子啊!

在这充满悲悯的巨大空间中

我对你的思念,比这酒

更苦,更长

巴尔斯雪山

一座山伫立多久

才能记住流连忘返的时光

巴尔斯、巴尔斯

来自一个孩子的乳名，一个如同老虎般

勇猛无比的孩子

割下脐带，埋下趾骨长出的山脉

巴尔斯雪山，一尊修行的佛

你来了，便是虔诚的弟子

紧随那些漂泊而来的四季、阳光和星空

关闭众生窃窃私语的耳朵

成片的雪花、草地和无数坚硬的石头

都是巴尔斯温柔的孩子

就当作一次修行，将自己的心

交给巴尔斯雪山，等待佛经落入手心

等待，风马旗翻飞出太阳的光泽

用一片雪融化的水，淘洗身心的躁动与不安

借天空的湛蓝，让肉体嵌入这雪白的光芒

将灵魂打包成静坐的模样，描摹一座山的伟岸

让欲言又止的沉默，完成一次

脱胎换骨的修行

童年牧歌

从最初的一截胎脐开始

在大地的暮色里跳跃

我学着父亲的样子，吆喝牛群

似乎我就是父亲

可我不是，我只有六岁

只是一根，成人一样站着的骨头

一根，行走在黑夜和光明中的骨头

羊群鄙视我，鄙视我会

喊出惊醒黑夜的吆喝

牛群鄙视我，鄙视我

对它缺少一对狼的獠牙

我的声音，是这个物种里

无法分娩的婴儿

这对我，是一场莫大的灾难和耻辱

我捡起一块石头，狠狠扔出

一根骨头的愤怒

我的目光，飞落在鹰的羽毛上

做着一只飞鸟的梦

偶尔，也做一只抒情的画眉

偶尔，我挑起父亲和母亲

之间的战争

我会用两头牛，争斗的方式

酿造我生活的乐章

我是牧野之子，放牧

原野和山河的儿子

我感恩这片，深情的土地

我向土地跪下，我向花草跪下

我跪在铺满大地的阳光身上

我跪在一匹老马走过的路上

跪出我花红柳绿的江山

一座冰峰的模样

我就这样坐着

看骚动的风勾引痴情的云

一群蚂蚁驮着坠落的夕阳

将一堆忙碌的日子拽进苍茫

我就这样坐着

看流星劈裂苍穹的锋芒

一块磐石挺起胸脯

阻挡被时光掠夺的彩翼

我就这样坐着　坐着

直到把无边的寂寞

坐成一座威严的冰山

一场意外

雪地里，一只跛腿乌鸦走动

多么可恶，极具邪恶的模仿

我腰椎突出的真相，竟被

一只乌鸦如实托盘而出

它们应该热衷于谈论，一块腐肉

或者一堆垃圾

应该为修补树权的漏洞

而自鸣得意

哪怕，面面相觑于一片雪花的白

更为贴切、真实

这对我来说，算是一场意外

也理所当然，是一种悲剧

被打上标签的诗歌

我不介意诗歌被打上，草原的标签

已习惯徜徉在赞美我草原的诗句中

根在草原，包括我

身上散发的味道

离开草原的色调，等同将自己

隐身于时光的背面

曾在很多南方城市懒散地游荡

想找到点缀我诗歌的小桥流水

想把那，打着油伞的淑女

灌成诗歌中摇曳的花

也想融入江南小调、渔火

高高举起的习俗

听涛声、蝉鸣、蛙声，仿佛

置身于满含隐喻的世界

我为找不到一张纸上

奔跑的意境而彷徨

面对你的陌生与繁华，我亦如

北方晚熟的麦芒

放弃不切实际的幻想，回到

北方归于我的草原

席地而坐，举起我杯中

晃动的星光

为下一个春风，施舍的绿色

打上草原的标签

挤满乡愁的河流

谁的琴，在太阳干裂的唇边
被粗糙的手指弹出下沉的光阴
顷刻，让我的河流
瘦成一根绳

我们，将沿着季节的手指
同无数为生命请安的涛声告别
同孕育过枝繁叶茂的阳光告别
放任秋月这匹野马，远去

等待，一场寒风刺骨的诅咒
我生命的河流，即将消失
摊开掺着酸涩的泪珠
弹奏琴弦忧伤的音节

挤满我乡愁的河流

不要回头，贴着大地

撕裂那些堵路的磐石

带着我的骨骼，黄金的色调

越过沿途的泥沙，一路向东

土地，会原谅你

芳草，会原谅你

花朵也会

你远去的涛声

足够感动

江南的春天

暮年坐在自己的书屋里

深夜读一本书，一本与自己有关的书

第一天，读行走在童年的一根骨头

第二天，读少年挑着一盏油灯续写生活

第三天，读塞满乡愁的行囊

第四天，读晚年扶着暮色的影子

合上没有页码的书本

手里攥着，被时光撕裂的往事

所有过往，是窗口闪过的风景

人不过是一只，被时间捆绑的兽

不过是，提前携带终点时刻表的行者

我们为活着的理由，曾经努力地

在大地尽头寻找生活的秘方

也为生命的存在而发出过禁忌的声音

甚至为一份落寞揉碎过无数隐匿的希望

感谢这个世界，为我们铺垫出灿烂

留给我们许多同生活和解的机会

看透时光简单而自然的本质

我们劳作和炊烟的背后，是高于

梦境的赞歌，是身体里

奔腾的另一个回响

这都足以安慰我，足以让我

从狂野过后的落寞中

飞回来

北方，消瘦的冬天

空寂的山河，牵手

日渐消瘦的冬天不离不弃

雪花步履蹒跚，村庄

已被重叠成安睡的女人

这无疑是一场持久的蜗居

我必须顺从自然的两面性

应该钟情于冬日冷漠的表情之下

隐藏的警觉

应该从风中猎捕，赞美生活的词语

做我诗歌的铺垫

应该从流星划过的痕迹中，筛选

照亮我生活的光芒

我需要组织一篇，经典的唱词

让冬日的雪燃烧

让那些老去的女人，涂甲、施粉、补妆

搂着寒风吹矮的芦苇，翩翩起舞

也可以，举起斧子尖锐的光芒

砍下柴火，保持村庄最后的

温度和烟火

饮马河，饮醉我马匹的河流

翻动一串钥匙，打开

饮马河的名字，取出烟火

大野空茫，不说隋唐的北方

公元九世纪是转了身的背影

终宋一朝，归义军的旌旗沉默

叙说死亡

回鹘汗王的马匹，刻下

北方山河的铭文

一万匹马，拉满弯弓

踏过盾牌安睡的土地

十万匹马，高举弯刀

削平城池的身高

一棵树，惊魂未定

至今仍然觳觫

饮马河边，回鹘契苾部松动筋骨

放马高歌

月光，占领每一寸高地

石头闲着，森林闲着

一只乌鸦站在断桩上哽咽

你们为谁征战

生锈的时光，闭口不谈

解开绳结的秘密

我骑着少了弯弓、少了盔甲的马匹

在饮马河的岸上，放牧

牛羊梦里的尖叫

我多想，穿过草原的尽头

穿过历史的厚书

穿过西夏，1036 年的胸膛

穿过党项八部的毡帐

穿过鲜卑及五代以后

辽、夏、宋点燃的狼烟

穿过公元 1276 年，大宋的暮色

……

而我渐渐陌生的乳名，已折叠成

一张纸的记忆。我无法携手一次

蒙神眷顾的旅程，我亦如暮色里

迟钝的麦芒，垂下脑袋

等待一场风埋下思想

埋下身体，埋下

灵魂的飓风

梦回故乡

走出这座城市吧

把心扔在草原的宁静中

五月，被阳光嚼碎

埋下一地的温柔

我窥视柳枝，苏醒的过程

白马驹，吸干山梁上

等待已久的母乳

卓玛的帐篷，被牧犬的

狂吠包围

我的耳朵，不需要

捕捉第二种声音

我的生命，不需要

做第二次参赛

我只需要，一支烟的慰藉

我只需要，母语

沉淀后的安宁

岩石，融化的水

等待一枚，生在岩石上

的种子开花结果

人性的脊梁弯曲，胸膛滴下血

是歌者，酿造的葡萄酒

是歌者，在城市的繁华中

交杯换盏的引子

是歌者，染成

玫瑰色睡衣的蜜月

脱下花的外衣，冬眠

是最好的借口

现实，不需要

诗歌般的修辞和点缀

泪说疼痛，血说疼痛

此刻，心必须沉默

让狂野而强大的内心沉默

将自己，封冻成灵魂

最后的故土

看风起舞

一阵风，集结成的疯子
一群螃蟹一样横着走路的疯子
昨天的那伙，应该是两派
从中午到黄昏，打斗不休
在门前的沙地里，滚成一团

一群疯子
手拉手喊着号子
从一个村庄袭扰到另一个村庄
趁黑，顺手掠走我一张羊皮
还有，老婆晾晒的内裤

一群疯子
黑白两道都闯
昨夜的，应该是惯犯
墙头上的草说，是西北风
出了院门，便向西北跑了

敞开心怀，原谅它们

就当原谅了一头犟驴

风也有内心的疼痛

撞了南墙也不回头的疼痛

见了黄河也不死心的疼痛

我坐在，风过往的路上

看风，翩翩起舞

白露之后

白露之后，树叶渐老

蚂蚁押解着最后一只虫子游街

土拨鼠的封土夹带着冬眠的安抚

屎壳郎滚着巨大的粪球

与下沉的太阳揣着糊涂

另一场雪之后，心急火燎的大地

不会为我们留下，秋月丰满的肉体享用

我尽量从土地身上，割下更多的脂肪

哪怕是一碗米，也会让我热泪盈眶

我拥有一把亏欠大地的锄头

我深爱一片土地苍老的眼眸

我必须精准地，攻城略地

从土地的惨淡中，抢收一份

越冬的时日

对话雪峰

盖塞尔山，俘获南米北往的雪

北风自由狂欢的肉体，刺眼的光

我说，从奥陶系地层降生的那天开始

你就成了一头犟驴

固守一份经年的桎梏

占山为王

你说你腰缠万两黄金，挤出一袋烟的工夫

要给那些，贫瘠的土地缝补嫁妆

你说你将最真的爱，揉进了四月的日头

要等到山下，一粒种子的苏醒

你说，无法改变内心的刚毅与坚定

如同那些，与草根对话的牦牛

如同那只，盘算着晚餐的孤狼

你说你的梦生长在高原

我无力抬起手臂，掂量你的思想

我的生命竟是如此卑微，渺小

我只知道，柴米油盐搅拌的人间烟火

遗忘了你打湿江南海棠床榻的温柔

遗忘了你恒久地流淌，满山的黄金

甚至不知道，自己写诗的欲望

终究会老，老到看不懂夕阳

而你的魂，依旧在群山之巅

你已，打坐成一尊

千年的佛

一尊手中盛开着

金光的佛

迷雾中走出光芒

阳光被多雨的季节劫持

密不透风的雾，围攻我的村庄

潮湿集聚的露珠，滑落树叶的光面

打湿我望眼欲穿的期盼

觅食的麻雀，能不能找到屋檐下的巢

土拨鼠会不会钻错洞，酿造出一场绯闻

我杞人忧天的惆怅，像雾中无处落脚的鹰

从阴暗走向阳光的过程，带给我

刀刃割裂肌肤般的疼痛

你带着玩世不恭的羁傲，用狂妄

写下日志嚼碎我最后的执着

我会在坚硬的土地上，举起

思想的火炬，穿过你布满我

血液的胸膛

在下一个有光的日子里

打造出黄金色调的光亮

十月，别离我的草原

我在十月的山脊

碰到匆匆而来的秋天

雪盖了山顶染白了娘的头

大地柔嫩的肌肤冰冷无比

我知道那些僵硬的土地之下

很多老人在另一个世界活着

谈论着前世被青草绊倒的欢乐

也谈论着，邻里之间的趣事

以及那些孩子比石头还僵硬的心

里面，还有我父亲的一声惆怅

我在十月的山脊

扔下一群窥视青稞地的马匹

一场寒流，怀里揣着入冬的圣旨

潜伏在伏尔加河畔，估算行程

收羊的贩子，磨刀的屠夫

放大羔羊的瞳孔，一脸的疼痛

杀生害命，伤天害理

什么时候，你能放下

手里老掉牙的刀片

快了，快了

等我迁出这片草原

你，自然就成了佛

我在十月的山脊，捡起

一滴露珠，是弟弟眼里跌落的

我的母亲，倔强地拿起镰刀

抢收秋月，最后的几个时日

要让站立的野草，睡成美人

睡成这个冬天，永恒的光芒

我们拿什么拯救你

那些浅水的河流，那些流浪的人

那些篝火的舞者，那些游牧的魂

那些丰美的草原，那些奔腾的马

留下你，留下你

留下我一望无际的胸怀

留下你，留下你

留下我一轮圆月丰满的额头

别了，我的草原

别了，我的土地

党河之上——敦煌

脚刚伸进敦煌

风沙里跑出

月氏、乌孙

还有匈奴的三十万铁骑

烽火墩睡了五千年

连同那些回鹘、西夏、蒙古人

风来来去去飞奔

五千年的敦煌，等不到

季节返青

英国的斯坦因，法国的

伯希，还有华尔纳

还有奥登堡

脸上蒙着黑布

身子像镰刀

我舞动着长袖，翻飞的

丝路花雨

谁，偷偷塞给十月的风

一把刀子

要不你怎能割裂前秦、北朝、

十六国、隋、唐、西夏

再到元朝的梦

我彻夜偷听，党河水

低头赶路的声音

还有那，流沙河边

白龙马的嘶鸣

你让我想起

奥勃鲁切夫的 50 根蜡烛

炙干我最后一滴血液的疼痛

我需要，跪在党河边上

痛哭一场

为我的敦煌，留住大漠落日

留下最后一抹苍茫的光

留下西域最后的魂

让跌落的骨头

叮当作响

当爱已沉睡

风啊！你轻点，再轻点

不要那么鲁莽地走动，不要

那么张扬地走动

你走动的声音，会吵醒

我的爱人，我花红的江山

会吵醒，我眼目的火焰中

醉倒的爱人，渗进

我骨髓里的妖媚

今夜谁能帮我，拴住月亮

坠入黎明的身体

谁能在，太阳的必经之路

设下层层关卡，拖延时间

不要让我，拥抱的花蕾枯萎

不要让我，搂在怀里的浪花结霜

什么时候，我们的相见

不再像迁徙的候鸟，必须追随

季节的号令

什么时候，我们的相见

不再等到那条河，瘦成一根绳

我没有换乘的马匹，来世化作你

心里搬不动的石头

月亮啊！闭上你的眼睛

让我再亲吻一次

我摸到了风的骨头，还有夜的暴戾

和她那冰冷的疼

我听见黎明的鸟，催促的暗号

还有太阳，碰撞关卡的声音

风啊！轻点，再轻点

黎明，慢点，再慢点

不要告诉我的爱人

那载满眷恋的马匹

已越过山岗

星光落脚的地方

准确地说是九排松，九排巨大的森林

是九个太阳回归的儿子

不敢有风吹，星光会被挂在树梢

一颗星会沉迷于马场滩的狂野

不敢有雨露，花草会疯长

会超过九排松挺拔的歌谣

碧空明月，显现爱恨情仇

是一张没有文字的处方

让孤独烦躁的心爱上大地

爱上马场滩，爱上九排松

隐于这片寂静，看野花绽放

听鸟鸣、潺潺溪流的赞美之词

让马蹄跑过你身体的释然

目睹一地的温柔

怒江以北

怒江以北，一首诗

堆成的思念顺江而下

怒江岸边，花一样柔嫩的唇

我前世走散的缘

凄美的月色之下，我幻化的魂

比风还要轻的身体

让我化作一匹烈马，狂奔的姿势

摆脱蚁噬般的疼痛，以及折磨

远行，再远行

世俗的江边，我捡起一滴泪

一滴，从我诗歌中跌落的泪

怒江以北，一头长发积攒的忧伤

望江而泣

怒江岸上燃烧期盼，我今生

撵不走的情

化作一根骨头，转世的鹰

驮着黄昏，驮着情话

撕裂包裹我记忆的黑夜

远行、远行、再远行

在你的枕边，种下

一粒思念的梦呓

还有，一粒火种

一粒翩翩起舞的火种

铺开辽远的孤寂，记忆是一把火

蓦然，岁月已写成我潦草的未来

怒江以北，凄凄的啸音

以及我，没有韵律的诗歌

填补着生命中缺失的页码

风起月落，怒江以北

谁能为我，撑起南下的风帆

带走我，纷飞的惆怅

谁能为我，扛起思绪的行囊

在我诗歌的页眉，写下你

私语的密码

大地，金色的鼓

冬牧场的路

被岁月扒去外套，满身伤痕

母亲跟着阳光的影子，捡拾牛粪

喂狗，牵马

像一把琴，站在时间的身体上

弹奏流年

石头流着泪说，饮我的血

比永恒更遥远

我相信，时间会停止生长

母亲的白发也会，阳光也会

留住母亲，留住烟火歇息的欲望

给母亲一匹马，追回六十年前的日月

让母亲，穿上梦想的红裙

红色靴子，红色的披肩

我的母亲不老，时光不老

羊群穿过草地的蹄声不老

微风遍野流浪的声音不老

枝头开始绽放春天，梦想饱满

让母亲做大地的新娘，日月的新娘

微笑的日子里，不会混杂

惆怅的刀斧手。我们不说贫穷

不说孤独，不说悲悯

我们只说母语，只说未来

我们歌唱，震撼过黑夜的流光

让这流光，让这灿烂

在您开垦的田野里生长

用我的手掌，敲击

大地金色的鼓。让篝火通红

让黑夜透明，让母亲微笑

——原载于《扬子江诗刊》2020 年第 3 期

柳暗花明的村庄

接连不断的干旱

扼杀了草地生长的气息

仅有的草场，供养不了

乞丐般流浪的牛羊

我们不得不从马背卸下鞍鞯

将牛羊打包运往邻近的农村

这种情况是从 2018 年开始的

这是我借牧到高台新坝

农村的第三个黄昏

我住在贴紧地面的村庄，感受着

陌生烟火的气息

炊烟牵引着一粒米的芬芳

眺望赶着羊群走下山坡的落日

一对老人每天都会准时坐在

皴裂的地垄上，掰下秸秆中

残存的玉米

他们跟随暮色，抱着柴火

回家烧水、做饭，洗衣

多么伟大的人呀！

在这狂野之上，用他们

瘦弱的身躯

抱着他们的肥土良田

抱着他们的日月星辰

抱着他们柳暗花明的村庄

回到最初的地方

那一世，走过青海湖

在我的心湖，投入一粒

相思的种子

阿拉善，我追随佛光的睿智

化作一棵菩提，诵经打坐

试图留住那一枚落入心湖的月

纵然隔着千山万壑，难见你的容颜

可我还在那里，闭目等你

不舍不弃

前世，流浪的情歌

在湖心为我捞出一枚绽放的初恋

佛说：是你的倩倩背影

湖中静默的相思

我，行万里驱散尘埃

只为你一次回眸

只为你，在折回的路上

走进我磐石一样的深情

今生，再往前

我将步入拉萨的光芒

我，还是雪域高原最大的王

我，还是放着风马等你的佛

红宫之外，依旧飘着

你留下记忆的雪花

红宫之内，我触到了

你留下的温暖

我闻到你熟悉的桑烟，还有

熟悉的床榻

我依旧是，世俗中往返的情郎

你见与不见，我都在等你

等你，带我回到

最初的地方

（2019 年 2 月仓央嘉措国际诗歌奖中

获十大仓央体诗人奖）

黑夜曼妙

我不认为，黑夜代表着

臆想中的邪恶与恐怖

是一块庄重而质地柔软的绸缎

由浅到深铺天盖地轻抚山河万物

我可以描述成，再婚的少妇

走动的姿势轻盈曼妙，那黑

能让骨头酥软

当黑夜不动声色地铺展

群鸟归巢，大地宁静

天空回归于我未知的高度

那隐意，带给我隐约可见的无限希望

那隐意，放任一切为尊严粉装的疼痛

在一份尘世的热泪和惆怅中奔涌

看黑夜繁星神秘的光点

不需要灯盏，星河反射出梦想的深沉

不需要灯盏，游子已归入梦乡

春耕的种子——燃起火的烈焰

埋下迫切的愿望，埋下

另一个黎明

时间的手里握着刀子

东方的旭日，射出

十万支箭镞

让寒冬，丢盔弃甲

逃向北方以北

一片云，坐在临近清明的路口

等待一场风牵走

让阳光落入草丛，时间的手里

握着光芒，也握着刀子

那些花蕾，是五月胸口燃烧的火

那些花朵，是十月刀下的魂

我的马匹，驮着酒歌流浪

像武士张满的弓

灵雀催醒，五更的虫子

等待一场盛宴。如同我等待

下弦月捎来的信笺

你的名字，总沿着

一条线向我走动

相思的日子，垒成一座山峰

开满山花

你是玫瑰流血的剑，是一缕芳香

之后的痛

渴望五月的雨，落地生根

长出花蔓

在我的心尖上，燃起熊熊火焰

放下手中忧虑的诗篇，迈步向前

先从一只鹰，飞翔的哲理开始

所有的疼痛，能使我的目光

更加辽阔

今夜，我是一匹驰骋的马

背负世俗的巨石，走向阳光

分娩的季节

（2019 年 2 月仓央嘉措国际诗歌奖中获

十大仓央体诗人奖）

与我的生活作别

与我的帐篷作别，与我的羊群作别

丢下鄂博，丢下经幡

丢下玛尼石，丢下饮醉马匹的河流

丢下那片草原尖叫的春天

丢下父亲冰冷的骨头守护发黄的日月

丢尽游牧人寄托魂灵的城堡

我捏着我被岁月磨细的身骨

我开始搬弄陌生的日子

这是祁连山开始禁牧之后

清明，蚂蚁拾掇好懒散的骨头

搅动春天梦醒的故事

我扛起铁锹，我拿起锄头

用两条泥腿，翻动土地深藏的暗语

看不懂，麦芽生长的姿势

杏花打湿的枝头

土豆垄修成王府的城墙

将一粒玉米埋在土里

等待秋天，站立成受阅的方队

偶尔，也听蛐蛐与隔壁的私语

说茄子和黄瓜抹上农药才会生长

说给牛注入水，就会跪在屠夫面前

说西红柿在腊月就能上市

是农药催情，所以才变得如此风骚

远处，癌细胞绑架了我的邻居

说他死后就埋在草原

草原或许能让他复活

我丢下锄头，丢下还有余温的炊烟

我去了阿克塞，我看见了骆驼

还有哈萨克人

草绿了又黄了，花开了又谢了

寂寞的草地，孤独的天空

我的母语悲悯的月亮

我的星空流浪的歌手

我的篝火燃烧的岁月

你们在哪里

我想母亲，怕她钻进秋天的地里

去亲吻那些，惆怅的叶子

我想父亲，怕他在荒芜的草原上

找不到，回家的路

喇嘛湾

绛紫色的僧袍还在坡上晒着

不知喇嘛你，去了哪里

浇地的老汉躺在树下

与中午的瞌睡博弈

我，信手扔向田间的石子

惊散聚集在一起的水

那一刻，我分明听见

木鱼响了一次

桦树湾

鱼池里那几条喂惯的鱼

最容易上钩

这个村子是你们的

桦树林，藏式景点，转经轮

都被你们的视线捆着

所以，喝酒的时候

他们经常将酒杯

举过头顶

朝　拜

一双手合成一座山

举过胸口，举过头顶

举到比生命更高的位置

世俗，锻造的信仰

在苍穹的呼吸中融化成雨

抑或融化成一片云

唵　嘛　呢　叭　咪　吽

我醉在你的怀里

世间，已无泪可流

张开双臂，做苍天的儿子

容纳绝世的孤寂，千年的惆怅

拥抱千山百川，日月星辰

顺着朝圣之路，捡起那些

脆弱到一碰就碎的灵魂

揣在怀里，捂在胸口

随同朝阳，暖醒

比腊月僵硬的思想

我匍匐于大地柔嫩的怀抱

额头抵近洗涤心灵的疆场

顺着骨节，顺着血液的河流

将贴身的温暖种在土里

在来世的路上

化作母亲的一滴乳汁

洗干净那些未来的孩子

长长的啼哭

——原载于《风》诗刊 2019 年第 2 月卷

我在阿克塞

手里攥住季节的惆怅

突奔于深秋的掌心

把心交给大地

一切，只想让回家的路

挂满笑容

子时，一片雪花终于飘落

当金山下

难产的婆娘

挤下一滴疼痛的泪

等你等得太久

明天立冬

寒流已裹紧绑腿

在十一月的路上打下埋伏

阿妈缝补的棉裤

扛不住老天一声咳嗽

雁飞南山，雪落关外

封存好我的半壁江山

囚禁关外的王子

借一场雪的承诺

打道回府

——原载于《甘肃日报》2019 年 2 月 14 日

今　夜

今夜，多想拽紧秋风

铺一纸丰收的词汇

而我已无力捡起

昨日丢弃的信念

今夜多想搂紧露珠

留住仅存的一份记忆

而我已无法组合

昨日洒落的诗行

我不知道今夜

鸿雁拍打天空的节奏

鱼眼般凸起的酒杯

还有羔羊反刍的白天和黑夜

可是链接我明天的网址

风落下

一场掠过山岗的风

突袭，狂奔，四处流浪的演说家

瞬间吹皱，日月饱满的额头

吹瘦，能捞出我情诗的河流

如我流水般老去的时光

来不及握住格桑花酣畅的季节

已被你一份席卷大地的冷酷

雪花夹着婆娘的唠唠叨叨

将日子拽进北方早产的冬月

一寸、一尺，歇脚于此

我盘腿而坐，坐成王爷

雄霸天下的姿势

与这醉生梦死的酒

厮杀到天明

飞翔的石头

我的拴马桩啊

为何不把我的心拴在桩上

却要让这一份长长的疼痛

在睡梦的盛宴中游走

那些群山势不可当的姿势

还有那些河流弯弯曲曲的诡计

你能发现踩在云朵上逃逸的爱情吗

我无力拿起时光这把锋利的刀

像一束花为自己写下秋天谢幕的台词

我要在北方酣睡的夜里

急切地写下春天般疯长的思念

我要在我诗歌的殿堂里

放任一匹马去狂奔

抑或放任一只鹰翱翔

再见或不见

我都要在大地的胸膛上堆满诗歌

我都要在群山的额头刻满情话

在雪水泛滥的季节

让那些蚁噬般的思念

紧随那条抵达你心岸的河流

扬长而去

皇城印象

一群马

驮着男人的狂热

还有东迁路上的悲壮

追赶着太阳

游牧人的孩子啊！

一颗从星空跌落后

又站立起来的种子

在土壤，深处的深处

遥相呐喊

甚至复苏了风干的季节

看！我歪歪扭扭的诗行

已远不及马蹄掠过的速度

——原载于《星星》诗刊 2012 年 12 月半月刊

以梦为马

我牵着马，伫立在故乡的风口

分不清哪是东哪是西

再喝一杯，便是我流浪路上的诗

断肠的古歌，扶我上了马背

古歌，唱响远离故乡的蹄窝

一切，只是为了

让冬日的雪燃烧成夏日的火

把如胶似漆诠释得更加透彻

就这样

在时间交错的那一刻

我已和你在无数次梦中

擦肩而过……

落雪的诗歌

风和云纠缠不清

就像，我和我的诗歌纠缠不清

我在牧羊的草地上，撅着屁股写诗

父亲已捆好牛腿，剪下满身的收获

随后还要剪下羊毛，铺成蔽日的云

捡拾牛粪，挤奶，转场

我们以此为生，也以此老去

几只羊串丢了，可我的诗歌还没有终结

为剩下几页纸，我把诗写在雪地上

我说这是雪落下的诗，大地上的皱纹

我从中阅读生活的味道

父亲说，祁家的花母狗都比你写得好

说完父亲已泪流满面，我知道他心里的疼

什么时候，日子能站立成父亲的样子

人走了，影子替代着

人世间的爱恨情仇

只不过

一滴泪

干旱困扰的秋天

这个秋天，不见一场雨

干裂的土地疲惫不堪

蚂蚁的触角，伸出洞穴

探听一股风的走向

如果有一场雨，应该是高于

光棍娶到媳妇的盛宴

不能再旱了，阳光抽干河流

热浪卷走无数幻想者的梦

我们在干涩的风中，连同麦穗

原地沉思

如果在山顶，能触摸到日出日落

我甘愿沦陷于一片烈焰

一个没有雨的秋天，每个人脸上

长满丰盛的焦虑

我渴望邻居的叹息，能惊醒

一场雷电的霹雳

劈裂人类制造的罪孽

用一场雨瓢泼的姿势

让我干旱的秋天，走出

更年期的困扰

草原魂

一轮圆月，洒下一地的温柔

这夜色，让我想起可汗

毡帐、牛羊、备好金鞍的宝马

萨满的鼓，雪夜蠢蠢欲动的狼旗

一缕晚风，抚摸酣睡的大地

让我想起，漠北抑或更远的欧亚

匈奴、突厥、回鹘、成吉思汗

错叠的北方，争霸着高原

只有战死的马匹，武士

没有，被飓风咬碎的精神和骨头

谁是最初，主宰和撩拨生命的目光

草原是一种魂，没有开始没有结尾

不留丝毫的自私，诱惑每一个生命降临

无法想象，是谁用一只鹰的自由

破译了灵魂，走进天堂的方法

无法想象，是谁用木桶

羊皮袋，驮着生命的火种

穿过了岁月的泥泞

寻梦路上，满是无法丈量的苍茫

亦如，斟满星斗的苍穹

虔诚、恢宏、博大

岁月，是一盏不灭的灯塔

丢弃落寞拆碎的疼痛吧

拽住，随风而过的历史片段

我会用兽一般的野性、粗犷

窥视，珍藏在皓月眸子内的

古老谚语

祁连山的情歌

雪山以北

我踮着脚回望北方

毡帐、高车

抑或在马背上起伏跌宕的音符

弯刀、高筒帽、羊皮袄

还有弯弓射落的旋律

马蹄、尘埃、呐喊

甚至那些被骆驼踩碎的歌喉

亦如我阿妈柔嫩的手

风蚀后变得粗糙不堪

游牧人的部落

牛粪火焰下逐水草而居的子民

你穿过千万次落日的裂缝

踩着大地的手掌

绕过岁月额头的皱纹

拽着太阳的光芒

从遥远的西至哈至

带着飘逸的梦想汹涌的性格

肩挑祖先梦中的希望

寻找那灵魂升空的家园

时间忘记了与我们的关系

迁徙，已让无数个夜晚的星辰失眠

终于，在祁连山凄美的夜色中

打开了游牧人温柔的话匣子

信念啊！远比升腾的阳光还高

做一万支箭镞中，折伤的鹰翅

做一万滴血液中，幻化的魂灵

回望我如梦般的祁连山

你是我一万年，也唱不够的情歌

篝火，舞蹈出世纪的繁荣

花草中繁衍出六畜的赞歌

超越祁连山主峰高度的牧人

写下星空之上的

绝唱

明花古城

古城外

我只是千年后的一个过客

找不到一丝灵魂游荡的痕迹

夕阳下一只孤傲的鹰

用翅膀抚摸着古城

风蚀过的身体

敲开时光隧道的大门

我　惊醒过黎明的驼铃

我　海子湖边撒欢的羔羊

我　戴着长筒帽的波斯商人

还有我　铁马呐喊中张扬着欲望的旌旗

仅在一夜间去了哪里

风屏住了呼吸

史海淹没王朝扔下不倒的城池

汗王遗弃子民留下锈蚀的箭镞

将士丢了狼旗脱了釉彩的陶罐

谁能摇醒

昨夜浩瀚的星空

——原载于《星星》诗刊 2012 年 12 月半月刊

春韵山城

隆畅河畔，春风撩起

树木水性杨花的骚动

花草一缕相思顺流而来

点亮山城肃南的清晨

隆畅河，流向田野的黄金

庄严地举着旗帜，向东

水的肉体长出利剑

穿过大地坚硬的心脏

润泽黄土地饱满的激情

我驮着鸟鸣和时光的河流

浩渺之水，捧出原始的青绿

那涛声，引诱我罂粟一样地沉醉

那水流，是岸边白衣女子

战栗我身体的指尖

阳光出征

昨夜的话题

积攒了太多的乡愁和思念

多想把心贴在梦中的笑靥里

写一部绝世之作

可一场走错路的暴风骤雨

袭扰我情绪的早晨，烽烟四起

相聚的思念，已是雨夜熄灭的火

我坍塌的城堡，焚烧殆尽的港湾

没有看到月光的皎洁，已过了时辰

没有看到花蕾的绽放，已过了季节

化作一壶酒，让世间的寂寞醉烂如泥

隐忍一份疼痛，把心埋在夜的身体里

痴醉，奔腾，抑或成为流浪的风

我不再去写情诗，就写专辑

也写鸟，写花，写阳光出征的情景

我要努力学会沟通，和人

和风，和雨，和万物

必须学会，把时间洗得光彩艳丽

必须学会，把日月

擦拭得通亮透彻

我母语悲悯的黄昏

——缅怀安玉玲大姐与世长辞

2024 年 9 月 14 日午时

第一场秋风，奏出

令光阴下沉的哀乐

令秋风萧瑟的哀乐

令大地悲悯的哀乐

哀乐，为我们可敬可爱的

安玉玲大姐奏响

哀乐，为我们民间艺术家

安玉玲老师奏响

哀乐，为西部裕固语传承人

安玉玲先生奏响

我噙满泪水的思念，已被

文字凝结成冰封雪冷的黄昏

我多么渴望能唤醒您，慈母般

绽放的音容笑貌！

祈求，戴胜鸟唤醒您咏唱古歌的忧伤

祈求，大地唤醒您母语流淌的经脉

祈求，星光唤醒您挑灯夜战的母语

让故乡的牛羊、马匹驮着你年华的篇章

来呼唤您，姐姐您别睡！

看！故乡丰美的草

站了起来——站成了您的姿势

赐福于我文学力量的人啊！

浮生如逆旅，却坚守一份贫瘠

一份执念

用马的嘶鸣为草原儿女铺下光明

而您，还是带着孤清的月光

穿过尘世的云烟远去

仅留下一页纸上轻微的呼吸和教诲

永归夜色

飞鸟羽毛脱落，留下尖叫的秋月

一片雪花澎湃的魂魄，流落大地

悲戚的哀乐，穿透苍穹的骨髓

经年此去，您将安身何处

愿天国再无不听话的学生

愿天国再无病痛的折磨

愿天国的星空不再有您

饱含泪水话语

寺　庙

信仰砌起的城堡

寄存一切善念的匣子

喇嘛，喇嘛

我的红衣男子

打坐成日月的子孙

　　　　　——原载于《风》诗刊 2019 年第 2 月卷

轮　回

或许是一匹马

或者说是兔子、羊

更或是一条狗

埋在土里的一根趾骨

等了七七四十九天

吐故纳新

——原载于《风》诗刊 2019 年第 2 月卷

关于雪

1

十月的一场雪

挤满大地

我没有皮毛的臀

冷风嗖嗖

2

风吹皱的戈壁

铺开无数心急火燎的昼夜

今夜，我将在你

一张白纸般的微笑中

神魂颠倒

3

没有雨滴时的喧嚣

你悄无声息地打断

季节最美的情话

转眼，北方一半的时光

已被你劫持

4

若没有你

柔嫩的大地之上

谁会是刚毅冷峻的少年

谁又能催醒少女翠绿的春梦

冰释前嫌，我原谅你

迟迟而来

——原载于《风》诗刊 2019 年第 2 月卷

关于季节

春

少女

扭了一下腰

催醒梦游的春

夏

那些花草

不露出腿和脸

哪有枝繁叶茂

和蜂蝶飞舞

秋

乳房般丰满的日子

不知有多少男人

昼夜潜伏在你

风流成性的田间地头

冬

用一片洁白而光亮的肌肤

浇透那些，醉生梦死的心

干裂的唇

第一辑

×

牵手大地的温暖

这一刻 我祈祷

我祈祷繁衍的子民攥紧昨天

我祈祷故乡的泥土灿烂芬芳

东迁遗梦

1

遥远的贝加尔湖啊

触动我笔尖灵感的母亲

我是自上而下流入你眸子的火种

我希望用一种飞翔的姿势

跨越印满乡愁的时空隧道

你千万次如泣如歌的哀唱

使我思绪的行囊不堪重负

你是一部泛黄的典故

充满怜悯的表情若隐若现

胡人手中的弯弓

血迹未干的战袍

栽满魂灵寄托的秃鹫

还有那烽火台上未燃尽的狼粪

余烟袅袅……

2

久远的年代沉睡在迷人的晚霞里

蓝天与贝加尔湖在如痴如醉中私语

骏马带着强大部落的象征

将每一片绿色裹在怀里

牧羊姑娘啊，你总是一张多情的网

静候着梳理候鸟柔软羽毛的季节

烈酒贪婪地释放着男人所有的能量

将每一个童年梦幻般的记忆送向天宇

醇香的奶茶溢满草原金色的早晨

安详与幸福被时光植入每一片空间

3

无数美好的日夜被光阴悄然拽走

许多细节被秋天的丰收淹没

起风的日子一天天来临

一天比一天刺骨

部落之间文明的对话渐渐失去了光泽

语言不再是沟通和平的渠道

炽热的心在瞬间将友谊的规则冻结

矛盾在血液的管道里更加拥挤不堪

终于有一天

风刺痛了这里的每一根神经

歌舞者挥动的长袖换成了弯弓、大刀

吟唱美好的歌喉被战马的嘶鸣替代

高贵的血液如同岩浆喷涌而出

故乡的白天从此套上了黑夜的枷锁

宁静和安详在死亡中挣扎、呻吟

莽格斯狰狞的面孔与杀戮肆无忌惮

张牙舞爪而来的风暴

遮盖住了尧熬尔绽放生活的笑容

萨满艾勒赤此时此刻力不从心

任凭狂风暴雨践踏着良知的额头

4

一颗流星划破了浅色的夜幕

落地婴儿的哭声牵动着生死存亡的绳结

部落首领和长者围在一起

为延续生命的火种痛下决心

最后的一道晚餐在贝加尔湖落幕

东迁的号角撕破苍穹

年轻力壮的将士们

紧握捍卫尊严的弯弓和大刀跨上骏马

老人、妇女、小孩，牛马、骆驼、羊

这些部落生存的希望和未来

惊恐地穿行在迁徙队伍中

战车如云，尘埃未落

幽怨绵长的天鹅琴，黯然伤神

一个个将士的脉搏长眠他乡

一只只羔羊丢弃了温顺的往事

信念啊！你永远是一盏不灭的明灯

纵然迁徙的道路荆棘丛生、险恶重重

希望的脚步始终不曾屈服

无数雪山、草地、森林

消失在身后的故事里

5

白桦树最后的叶子被季节的手指打落

伏尔加河颤抖在冰封雪冷的冬天

众多的骨肉同胞在迁徙的厮杀中

已被化作若干个分子

众多别妻离子的痛苦如卵石般僵硬

而信念的脚步依然在属于自己的

天空里传递着不同的信息

一部分人试图越过伏尔加河

坚硬的冰层躲避战争

一部分人试图在河边筑起信念的城堡

等待流散的亲人

……

6

阿尔泰杭盖迎来了最先到达的眼神

他们以独特的祭祀，高昂的祈祷方式

虔诚地将从故土揣来的信仰供奉在每一座毡房

他们在等待和祈祷

能从岁月的心里走出许多失散多年的声音

而那些失散的亲人依然渺无音讯

天盖尔塔洼是尧熬尔触摸心灵的归宿

圣洁的白哈尔神静静守护着唯一的光亮

汗天格尔神的使者金色苍狼

终要将灵性埋葬在安详的家园

前进的脚步不能就此张口无言

7

千佛洞万佛峡飞翔着西至哈志的吟唱

那是同一个兄弟心动的火焰

满载荒沙的驼铃紧握海子湖明媚的春天

深情地将溢满眸子的希望植入胡杨的根须

一脉含情落入碧草连天的天盖尔塔洼

你以同样的方式

为另一路兄弟敞开乳房般丰满的绿色

将每个憔悴的身影紧搂在怀抱

尧熬尔人历经苦难找到了栖息的港湾

艰辛与辛酸被记忆吸收融化

疲惫在歇息的毡房内酣然入睡

将火热的希望寄托在无尽的梦里

催促久别的阳光唤醒迟来的春天

8

迁徙的历程如落日般悲壮而逝

捡起脚下遗留许久的残梦

我就是穿越时光的飞鸟

备着金鞍的可汗战马还在

金色苍狼的影子时隐时现

咏唱心衰的古歌依旧

我长跪于可汗金碧辉煌的宫殿

用心聆听金戈铁马拼杀的疆场

这一刻，我祈祷

我祈祷繁衍的子民攥紧昨天

我祈祷故乡的泥土灿烂芬芳

——原载于《民族文学》2016 年第 12 期

命运至上

1

杏花，从阳光的指缝盛开

用一片惊艳，赞叹和绝句

排兵布阵，晒出江山的丰盈

时间是 2017 年的春天

此刻，我必须闭门谢客关闭虚度的时光

我白手起家的阵地失守

我将带着绝世的孤寂，出门远行

我必将，重新做生活忠实的奴仆

饥饿，适合流泪

适合，从绝地的缝隙逃亡

困惑，适合与风雨同病相怜

适合，与白昼相守相望

我强迫自己喊出，隐藏了一生的疼痛

季节开始打雷，我呐喊一片闪光的日月

大地啊！你为什么要容纳夜色的漆黑

我捧着胰腺疼痛的泪，跑呀跑呀跑

我跑成鬼门关外，八百里极速飞奔的马匹

而我，依然不能阻止黑发，节节败退的残局

谁能帮我卸下，一场风驮走的春天

谁能让风低下头，低过花草，低过我的尘世

让我的脚印覆盖风的痕迹，不再有流动的时光

把阳光铺在村庄，铺在每一个饥饿的脸上

我梦想粮食、水和能照亮生活的烛光

我们结伴奔跑，哪怕和贫穷携手，哪怕是高山之巅

对大地，对星光，对苍穹，我说原谅我

原谅我，原谅我肩扛病魔，在江河打捞幸福

原谅我，原谅我一个凡夫俗子

云雀般一边啄食日月，一边诅咒

无法复制的光阴

原谅我那些，疼痛和酸楚

原谅我手无寸铁，去塑造不会

惆怅的日子

原谅我，从炭灰里翻出

一点星火，延续生命的余烟

我说命运

至上

2

人生短暂，我已无法放飞

手里攥着的苦活

我说，把盛夏的时间锁上

劫持阳光做人质

腾出一半的时间，给辛苦劳作的人们

给那些急着攒够钱，娶媳妇的光棍

给那些为老去的人，打一口棺材的孝子

剩出另一半时间，给劳作的人们

陪着季节的阳光散步

陪着孤独的母亲聊天

我渴望在一页纸上

写下桃花的绯红

写下鸟与虫游击的早晨

写下麦穗索取月光温柔的眉眼

写下打拼生活的日志

命运至上，命运至上

多几滴汗水不要紧，哪怕汗水流成河

哪怕汗水堵塞，大地纵横交错的血管

而我只求，兄弟手中挣到的铜板

足够写下一份重量

而我只求，所有老人的步履铿锵

坟头，少填一把土

我说命运

至上

3

秋草铺满原野，我放生的马匹没有归来

我在城市的灿烂中，提着自己的影子徘徊

我和马匹，都已跑出了炊烟遥望的视线

我在等待，一场比梦想更锐利的希望到来

我在等待，一场乘风破浪的真理到来

离开草原，我们便是匍匐前行的阳光

我需要一种技能，一种脱胎换骨的技能

现实生活不需要，蜂巢一样的修辞

梦幻主义者的希望遭遇围困

发誓效忠草原的春天，一去不返

而我还要对着岩石说，解冻的思想会燃烧

此时，我应该想起自己的身份

不该，盲目地来收割

城市的高楼和安睡的花园

街上流浪的肉体，轻如浮云

致敬，我无边的愤怒

致敬，那些化装成天使的人

再见！坐在大地上的城市

临走我说

命运至上

4

我厌恶喝酒，除了病痛

更多的是给人生留下证据

出生的证据，生活的证据

以及我向另一个世界

敞开心扉交出灵魂的证据

披肩草能借一场季风复活

春天能借一道闪电复活

我确信，生命大过天空和土地

而世人，却没有记下复活的处方

今夜，我必须醉一次

不需要用一张纸和笔，去讨论现实主义

从一片乌云走动的姿势里，我学会了辨别

不为亡灵远道而来的纠缠悲戚

只为找到一线生机而醉

只为母亲的期待而醉

只为爱我支持我的人而醉

只为寒风中，铮铮的骨气而醉

我说命运

至上

5

敦煌，我不读你诗歌中

燧石的语言，我只看经卷

还有泥塑的佛，唐卡以及壁画上

奔跑的历史，超然于外

风没有吹走历史，只是卷起了

沙尘，压在舌头下的荒芜

在荒芜的心脏上，牧羊人点燃

一只金黄的火把，火势如歌如帆

时间是 2018 年的 9 月

我们合力打造一条，通往格尔木的高速公路

命运至上，我必须埋下诗歌爆发的情绪

丢弃梦幻主义者，暧昧的温床

我带着一颗类似于少年，新鲜而浓烈的心脏

将忙碌的脚步，捆绑在即将逝去的岁月身上

我跟随机械充满张力的轰鸣

淘洗一片足够养命的金色

我们拥有无比深邃的思想

那是金色的早晨

活着的光芒

命运至上的

光芒

由西向东行走在我的血液里（组诗）

乌　恰

阿拜老人守着边界以内的草地

一泡尿时常会在界碑外的天空中飞翔

守着吧！

她是太阳，她是母亲！

我从地上捡起他撂下的话

虔诚地揣在怀里

就像揣着哈萨克人

放飞的猎鹰

就像揣着母亲

从边疆捎来的平安信

喀　什

靠近北疆边陲的大巴扎

一部刚升级后的电脑

各种声音、各种肤色

被收录、编辑、合成

和田的玉、缅甸的翡翠

俄罗斯的白狐皮

巴基斯坦的干果

还有土耳其的铜镜

都在斯曼古丽猩红的唇边

翻滚成一朵朵金色的浪花

阿克苏

在收割过秋天的荒地里

我捡起一朵孤独的云

那一朵云

是从建设兵团日志中走散的

上面依然在清晰呈现着

山东汉子的憨厚

四川小哥的勤劳

河南兄弟的汗水

安徽老乡的执着

所有我思维触及的田野里

都是五十多年前

铁锹、洋镐迎接这片土地时

最热情的姿态

库尔勒

从阿克苏到吐鲁番的客栈

收集着东来西去的疲惫

走进金三角繁华的梦中

洗一把劳累流浪过的心

信念便是我漂在孔雀河上的歌谣

走吧！

我的血液里承载着东行的渴望

再向前一步

也或许

我就是被火焰山烤熟的馕

吐鲁番

晨曦来不及爬上窗户

我已被骚动的热浪俘获

库尔班大叔的马车

葡萄树下舞蹈的阿依古丽娜

还有塔依尔手中开花的琴弦

在低于海平面 116 米的地方

合力燃烧着维吾尔人的热情

我要挑一块晒黑膀子的石块

化作我手中盛开的美人

在林荫藤架下恩恩爱爱

白头到老

哈　密

季节成熟的日子

以你最多情的眸子

拽住许多过往车辆的往事

自从你背着月色

撂出蜜一样甜润的爱情

勾出过客诱人的钱夹

你的名声便在哈密瓜内

被悄然打开

啊！我遗留在哈密的梦

我情愿想起你

想起你

犹如我想起苏菲亚

晃动在三道岭的臀

玉　门

我情愿忘记你满脸春风的铁塔

我情愿忘记你醉眼蒙眬的楼宇

昨日我看见

母亲动脉喷出的血液

染灰一片干净的天空

什么时候你猩红的舌头

不再舔舐

海水沉积的那一张笑脸

而此时，我看见

一股风扭身走了

而此刻，我听见

母亲在枯萎中喘息

嘉峪关

起来吧！

睡在始皇城池上的将士们

为我打开尘封千年的门庭

苏武锈蚀的牧鞭

霍去病西征的号角

薛仁贵怒吼的宝刀

窝阔台手中的弯弓

还有我座下的汗血宝马

已集结在城下，等待

返回关内的史志

今夜

若走不出关外的夕阳

我的将士、我的脚

定会醉倒在这

戈壁红柳的缠绵中

——原载于《飞天》2013 年 2 月号

肃　州

谁的手碰落了天上的星辰

饥渴的酒神

还在静静地等待

那坛深埋千年的老酒

神奇的按钮

把甲骨文的睡梦抛向天空

捎一块奇石抑或带一片红叶

刻上"神七"的名字

在七月初七

搭乘航天城发往天宇的末班车

相会我梦中的织女

甘　州

回纥汗国呐喊朝阳的旌旗

踩着尘埃背着天空的将士

所有这些破译的密码

依然藏在史海深处

当历史斟满星辰遥远的眸子

捡来岁月逝去的足迹

我与木塔抚摸天空的大手

我与我千年不醒的睡佛

翻阅远去的天空页脚

此刻

我要站在岁月轮回的肩上

写一部蓝色诗篇

我的诗篇里

定会跳出王室公主多情的眼神

唱一首回纥古歌

喝一碗甘州美酒

抑或把自己的灵魂扔进东湖的苇丛

我的梦都会在胭脂山

舞蹈的六畜中沸腾

——原载于《飞天》2013 年 2 月号

凉　州

马踏飞燕铸就东汉铿锵的骨骼

捡起一锭行人口中跌落的银子

供奉在白塔寺神秘的顶端

萨迦班智达虔诚的弟子们

当我紧紧握住藏汉两种文字

遒劲有力的双手

你们坚定历史过程的胸膛

你们守护先祖遗志的素装

正快活地行走在

西藏的阳光里

合　作

法号擦净东方浅黑的天空

廊括寺一座写满经卷的老人

打开信徒忙碌于朝拜的眸子

土地、身体、天空还有灵魂

所有这些静坐在天籁的语言

反复被歌者的声带擦拭

杜曼叶尔江我的兄弟

喝干最后一滴酒

在麻木的风中

搜集着回鹘文失散的音节

就像在广场上拽住我失落的衣襟

就像在地上捡起一颗跌落的星星

你的执着，你的虔诚，还有你的醉态

已被喇嘛写在了风马飞动的骨骼上

飞吧！我的兄弟

任由你像西来的风

放飞你祈愿已久的梦想

夏　河

点燃一百零八盏注满渴望的酥油灯

一百零八本《丹珠尔》喇嘛已开始颂唱

玛尼经筒我默默地转了一百零八圈

一百零八面经幡迎风抖落我的哀愁

来吧！我的卓玛

还有我的送走太阳唤回星辰的牧鞭

来吧！我的扎西

还有我的嚼烂冬日吻醒春风的牛羊

卸落所有趴在我身上的劳累和苦闷

将心植入这干净的蓝天草地

等待收割秋月的波涛

我行走在复活的季节（组诗）

1

2010 年的春天刚踏进门槛

巴丹吉林放飞的黄沙

是一群不听话的孩子

挟持裂变环境的狂妄

由北向南，固执地打磨着

天空的棱角

用最凶猛的姿势

宣告着自己的存在

我站在门口的沉思，已经

哆嗦了很久，甚至被风

刺痛了神经末端

我想借佛祖，宽大的衣袖

擦净天空蔚蓝色的脸庞

可我的血液里，蠕动着

凡夫俗子的梦幻

我忘了，用怎样的心情

去听大地伤痛的呼唤

眼中满是，短命的春天

走在流亡路上的呻吟

快了、快了！

我的季节写好的剧本

快要被沙尘摧毁

2

沙尘已淹没，路灯抛出的媚眼

几个战友，围成圆形喝酒、唱歌

总想把比万军还肥胖的黑夜

扳倒在桌上

石峰已经替我，喝了太多的酒

他的豪情满怀，就像要

把整个春天喝进胃里

憨头憨脑的罗刚从不按套路出牌

把所有的诡计，都埋进了杜斌的酒杯

王海军暗示着思恋的手机铃声

我敢肯定来自某一个幽静的角落

就这样，整个夜晚

我们在索国浩精心垒砌的晚餐中

花销着一份来之不易的碎银

我们忘记了迷茫的天空

我们用醉眼写着各自的未来

我们红着脸、张扬着心中的快乐

我们好像有意要在这沙尘天气中

为昨天留下一份诀别的遗嘱

其实，我们就像一群溃败的残兵

正借着酒精馈赠的胆量

又一次策划和修改着

进攻丰满生活的战术

3

一只苍鹰盘旋而上

拉开了大地与天空的距离

那些跋涉在大气引力之外的灵魂

还有四处漂游找不到归宿的灵魂

还有我父亲十年前出了门的灵魂

你们在沙尘和黑夜媾和的领域里

找到那通往天堂的路了吗

我总是这样痴心忘怀

这是我战胜酒精之后的思考

酒啊！曾让我颠三倒四的酒

你只不过是，奔跑在草尖上的故事而已

在这个浮躁的世界上

我试图同这沙尘营造的春天分道扬镳

想翻越青海躲避，而我力不从心

我总是，被跃跃欲试的酒瓶撞翻

我的双腿，无法超越扇动着翅膀

变化姿势的生活

我只能，穿行在这种真切而

虚幻的梦里

除此，我还能超越什么

写在八月

1

结束吧，八月的妩媚

结束吧，八月柔嫩的唇

结束那些依赖和习惯

结束那些自认为至高无上的梦想

依次流浪而过的季节开始换班

我没有理由拒绝你离开

等待你是一种疼痛

向往你是一种疼痛

你走了更是一种疼痛

来年，我在五月初的风口浪尖等你

结束吧，八月的妖娆

结束吧，八月的风骚

一顶戴在季节头上的王冠

秋风等你，下咽一场寒霜煎好的毒药

时间握不住，阳光握不住，人也如此

那就结束吧！无非让心荒凉一截

在荒凉中，看一场秋染的盛宴也好

往后还要等待和拥抱一场白雪覆盖的大地

尽管迷失的日子有点凄凉

而它，又何尝不是另一个阳光的开始

我必须学会适应

学会在白雪覆盖的大地之下

翻腾出火焰、烈酒或者血液一样

沸腾的生活细节

放手，放开手

让疼痛的日子从攥着的手里离开

等待一束鲜花在枕边盛放的微笑

2

马儿奔跑成风的姿势

抵不过一支箭穿越时光的速度

你我已无法阻挡月落西山的决绝

何必又去祈求炊烟收留一路的疲惫

啊！从此，我只想安静地坐着

收回一颗失衡的心

安静地，坐在落日的背后

看磨砺了一天的太阳

会以什么方式将黑夜摁倒

让另一个黎明

开始复苏

喧哗

3

我终于闲了

一双脚叩击大地的声音渐息

把心掏出来清洗一遍

洗成一条笔直的河流

把与生活无关的

丢进滚动的洪流中

借黑夜窒息后的宁静

写下早晨，写下黄昏

写下飞奔的沙粒

写下孤独的马匹

写下流泪的天空

写下飞鸟和花朵

写下牛羊反刍的另一个春天

当然，我也要写下石头

内心的光芒

4

醒来，发坝自己还活着

很多的人，被掐灭了生命的火光

第一次看到和最后一次看到的距离

像翻开书又合上

而我，依旧要让这火，吐出光辉

哪怕是独自一人，哪怕闻到冷的气味

君子兰没有开花的迹象

突然，固有的敌对情绪荡然无存

我的肝火不再那么旺盛

仿佛被昨天一笔勾销

等待诗人麻雀，屈斌

如同观看一场蜗牛比赛的盛宴

张二棍要挤羊奶、喝羊奶

张二棍说：我假装客气一下

我说：其实我也知道

没喝，如果真像羔羊趴在乳房上吮吸

我会龇牙，发出野兽般的吼叫

5

刘年骑着摩托车走了，把诗埋在了河西

那就做西汉的一口陶罐，也可以是

来自匈奴抑或元朝某个女子

手中的乐器或发簪

送你的眸子斟满盛情，也斟满担忧

不是因为你是诗人、名人

我们揣着游牧人存储的智慧，包容

用一把比刀锋利的思想破译你

诗歌隐喻的密码

哈密、吐鲁番、库尔勒、喀什

阿里、拉萨……好远

遥远的路，狂野的心，去吧

疯子的梦里，满天孤傲的鹰

今夜，你说你在托克逊

我听到了你的诗歌，在流动的沙地里撒欢

而我，依旧在讨赖河边偷窥赶路的雪水

水是自上而下流来的水

水是自上而下流走的水

6

那些沧桑的牧道依旧

羊群舔舐大地的模样依旧

我的红尘演绎的土地，挑在我肩上的重量

我迷恋你的苍茫，我不舍你的宽广

我情愿在风中，摇摆成醉汉的样子

终生与你厮守，做你脊梁的一截椎骨

金露梅，坐在枝丫上等待一场雨的滋润

戴胜鸟，戴胜鸟，期盼你划破音喉的信号

还有我娇弱的女子，诅咒那些撒野的牛群

我可惜你的小脚丫，我可惜你汗流满面

打湿秋月枯萎的草

哦！我的牧场，留下的根

以我透明的手指，抚摸你纯真的年月

以我原始的姿态，吹奏你的神圣

第二辑
×
星光下的私语

没有看清风怎么来的

等走了之后

才听到那些，风言风语

星光下的私语

1

昨夜的雨

没能浇灭一堆干柴烈火

2

雪夜，一串外八字脚印走出村庄

清晨，很多舌头便缠绕在了一起

3

一只蜜蜂，花丛中劳作

过程，替代了所有语言

4

蝴蝶飞过

与最后一叶花瓣道别

霜落地，声音洪亮如钟

种花的人，颓靡不振

5

秋月的风

吸干植物最后一滴血

6

古城，尖锐地举起

久远的天空

7

暮色沉降，骨头酥软

每一句夜话都带着闪光

8

黑夜坐在石头上

分娩出虚幻与疼痛

9

苍穹揣着深沉

却又被星河一一点破

10

圆月之后

黑夜将会重新披上外衣

11

一枚果子落下树枝

起因是，一场风暴

12

水太深

我不敢下去

能进去出来的

都是另类

13

只有在自己的圈子里

你才能如鱼得水

14

一块护身符

被一个俗子碰到

从此，他就风起水生

15

写诗的人死了

诗歌守着诗人的亡灵

16

羔羊永远读不懂

屠夫眼里藏着的寒光

17

世上没有鬼

鬼都在有些人的心里藏着

18

供着的佛不曾开口

拜佛的人，已心领神会

19

没有看清风怎么来的

等走了之后

才听到那些，风言风语

20

火，离他远点感到温暖

再靠近，他就是无法无天的魔鬼

21

一块石头值了 50 万

我不明白

他怎么会有这么深的城府

22

钢笔肚子里有墨

所以，总被人利用

23

火柴，在经历一次碰撞之后

便发出了惊人的呐喊

24

夜，绝不会轻易丢弃

欲望落荒而逃

25

精心培植的理由

最终染红过世的外衣

26

借口是一张短程车票

27

一棵树被砍倒后，才发现他的内脏和器官

已被虫蛀

28

钻天杨如果没有上空的优势和大地坚固的支撑

他的头不会仰向苍穹

第四辑

×

捡拾零碎

顺便打开昨夜点点繁星记忆的窗口

捡起青藏路上脚步留下的零碎

瞬间，我的泪如雅鲁藏布江水般奔流不止

写在云朵上的日记

沙　尘

我的草原，昨天被第一拨沙尘偷袭。探子说，第二拨正在
　巴丹吉林悄悄集结。

叛逃的一粒沙尘告诉我，罪魁祸首是风。是风在煽动，这是
　风蓄谋已久的一场暴动。

父　亲

放生的一匹老马回来了，比四月的风还瘦。

父亲没有回来，记得父亲临走时说，身上很冷。

可我等了您十五年啊，您的骨头从来没有热过。

承　诺

海誓山盟只是一个词，隔世的愿望，埋伏在远方的伏笔。

回头，月下一对拥抱的情侣，正走向承诺布设的陷阱。

牧　人

一群牛跑了，弟弟追到了青海。

一只羊不合群，躲在树林里，窥视夜归的鸟群。

还有那匹马，冷不防踢我一下。

是谁打磨好的这些诡计？

而我，始终无法剽窃到它们的心思。

我在词典里刨出一个词，斗智斗勇。

行走在北京

1

最想去的是天安门，那里有毛主席。

我知道还有很多双眼睛，都渴望在这里聚集。

我默默地，向主席的画像三鞠躬。

回头，一架相机的背后，透出一种异样的眼光。

2

午门，只有进去的门，没有出来的人。

墙角的阴暗处，一个变成骷髅的脑袋，怒目而视。

苏柯和杜曼进去了，不知他们怎么出来。

我对安保说，小心，那两个异客袖筒里有刀，说完我就溜了。

3

首都博物馆，垂帘后面不见慈禧，只有一部厚厚的历史。

那些陶瓷那些铜，那些黄金那些银，是谁掀掉了你几千年的被子。

我问，冷吗？她说有空调，只是不太习惯。

4

回到蟹岛，没看到蟹，只有满盘残疾的蟹腿。

青海的土族阿吾说，35 度的牛栏山不爽口，喝着没劲。

西藏的多布杰出去又抱了六瓶。

早晨，我看见土族阿吾蜷缩在被窝里不出声。

我知道他终于喝爽了。

5

那个夜晚，我们揣着东拉西扯的调子去唱歌。

似乎在北京唱歌，自然就会成为歌星。

除了杨云芳的歌好听，其他人都把我的耳膜当成了鼓。

6

返回的飞机上，拿出相机拍照。

天那么大，地那么小，我拍啥？

收起相机我才知道，天堂并不好，那里只有风。

青藏零碎

青海湖

我来迟了，看不见文成公主的八抬大轿

我来迟了，看不见松赞干布迎亲的马队

只有，迎亲队伍留下的哈达

在天空中，飞舞成一片云

我在风中，聆听长安的丝绸、陶瓷

连同一粒粒种子与高原的对话

我想象着大唐的歌舞、《诗经》、大唐的药典

还有大唐的文化在藏区，鲜花一样迅速盛开的繁荣

文成公主，面向长安落下最后一滴泪

先是一滴，接着是一大片

带着比梦更加神秘的宁静

静默成一尊至高无上的佛

是凡夫俗子用干净的心

拥抱孤寂的尘

留下温暖的湖

格尔木

格尔木，藏在沙海边缘的戈壁中

月夜，收留下我无拘无束的心声

任我摆脱道具般狭隘的生活空间

放纵中，敞开心境流浪

风干涩呼啸的身后，是几盏零散的灯火

澎湃的内心爆发成我激昂的呐喊

在瞬间，幻化成雪水拍打河岸的涛声

高原的夜，高原的月，高原的风

为你，我把心留在这个城市

连同我的遗憾

留在一起

昆仑山

昆仑山"穆王八骏渡赤水，昆仑瑶池会王母"

仙主西王母，是否在千年的期盼中见到穆王

我情愿为你，化作涓涓雪水

带着雪莲花圣洁的诺言，向你而去

用一份执着，一份永恒，一份向往

为你，在风霜雪雨中坚守亿万年的承诺

一阵雪花飘过车窗，随之无言地落入草丛

一股风呼啸着跑来，随之风风火火离我远去

一只苍鹰俯冲而下，瞬间又盘旋而上

给我吧，给我你的自由抑或超凡脱俗的内心

我已许下经年的承诺

我绝不会丢失

可可西里

一朵蒲公英追着藏羚羊

几匹野驴丢下一股尘土

一只野牛摆出凶悍的姿势

还有一只狐狸……

那尾巴是一团火，燃烧在可可西里的火

要有多大的胸怀，才能容纳绝世的孤寂、经年的桎梏

是谁，翻出了青藏高原经年的思维

辽远的戈壁，静谧的雪峰

来了又去的季节，去了又来的白云

一片雪花跌落，一朵白云翻舞

一片蔚蓝滑入湖中，一只羚羊沉默…

把心贴近大地，再贴近一点

只有经历一次，脱胎换骨才可听到

可可西里的心跳

临走，我身后的天边，透过一束

金色的佛光

沱沱河

是前世苦苦修下的福，还是今生撵不走的缘

姜古迪如雪山和尕恰迪如岗雪山

风传递着彼此的心跳，彼此圣洁的爱情

刺眼的阳光，挂在高原的一座灯盏

你的温暖降落在我浅褐色的草原

染亮恣意流淌的沱沱河水

我写下你随意伸展的一腔柔情

用你的这份细腻，软化一座高原过于庄重的内心

我摸着你血管里的河流，在浅浅的，微弱的流动中

等待与你的再一次邂逅

我追随在你流淌的身后

只为一句简洁有力的叹词

只为找到一份

只属于世界屋脊的

秘密

唐古拉山

5216 米的地方，是谁撕开了一个豁口

我前世的梦，就是从这个豁口溜走的

豁口经幡飘舞，玛尼石岿然不动

索南达杰烈士那古铜色的脸上写满刚毅

风，打开唐古拉山经年的秘密

风，满怀敬意的手，恒久地翻动唐古拉山岁月的目录

风，抛出祈愿世人和所有生灵平安吉祥的经文

风，翻开唐古拉山天空的深邃、白云的直谏

风，摆弄雪山的倒影、浅草的芽尖

风，以飞鸟歌唱的姿势，朗诵唐古拉山深藏于内心的诗句

离开的瞬间，心跳和尖叫是多余的

一刹那的快慰或惊喜，已在藏北草原让我丢掉今夕何年

那　曲

我多想听到，卓玛悠悠的情歌

带着阳光的热烈，抑或带着仓央嘉措的忧伤

那飘荡在云朵之上的歌声，是我的诗和远方

绵羊、牦牛和马匹，追着浅绿的波涛

阳光驮着孩子们的梦想，把希望送向马背

白云载着姑娘羞涩的爱恋，点燃星夜的篝火

落日牵着牧羊人的希望，走过一个个巨大的草场

诊所内，一对伴侣输液，说高反了

见证过高原的爱情啊！谁能保证坚不可摧

如果是，下辈子都来做高原人

蓝天白云之下，一座县城，被雨洗得那么干净

蓝天白云之下，一座县城少了现代文明酿造的喧嚣

蓝天白云之下，一座县城，与我享受片刻宁静后再次作别

匆匆来又匆匆去，或许我们都是轻浮的尘埃

或许，很快就会被轻风抹掉

我经过的痕迹

别了！那曲

当　雄

当雄，刻满恢宏历史的圣地

当雄，歌唱浓郁宗教历史的史诗

从公元 627 年，松赞干布统一吐蕃大业

公元 1260 年，忽必烈派兵统一西藏

公元 1354 年，弟司政权建立

公元 1635 年至公元 1654 年

新疆和硕特蒙古首领固始汗联合五世达赖喇嘛

扶持黄教灭了嘎玛政权，统一西藏……

所有这些，都与当雄有关

所有这些，都在当雄草原，藏北八塔，康玛寺的史海中

　　信手翻出

所有的词汇，通透而清晰

所有的章节，精妙而绝伦

你平凡并复归俗世的心跳，是否从这一刻起

对当雄的史诗，有过一次吸收或熔化

也许应该去看看念青唐古拉山和纳木错

看念青唐古拉山，刀锋般无可比拟的气度

看纳木错天湖的静美

去与不去，我都已化作

匍匐状态的

朝圣者

拉　萨

拉萨，我为你而夜不能寐

布达拉，雪域高原经年的骨节，胸口闪烁着幽暗而睿智的光芒

罗布林卡，大昭寺，小昭寺，哲蚌寺，八廓街……

宫殿，寺院，经筒，朝拜的信徒，终年不绝的经声……

敞开眼球贪婪的门，将新奇、惊叹、感慨收进眼底

赶着远路而来的朝者，奔走于世界屋脊，最终要在这里

手摇经筒的老人，这些柔中带刚的步履，最终也在这里

诵经祈福的喇嘛，行囊装满母亲的歌谣，最终还在这里

……

雪域高原圣地，似久经沧桑的老者，收留下无数已被世间尘埃

　　所玷污的肉体

我的心，已随着拉萨的朝阳升起

留下自己的躯干，守护永世的虔诚幻化的崇高

走了，将要对这片土地说再见

顺便打开昨夜点点繁星记忆的窗口

捡起青藏路上脚步留下的零碎

瞬间，我的泪如雅鲁藏布江水般奔流不止

西域，如歌的阳光（散文诗）

1

翻越当金山，十月的雪花，在阿克塞打下埋伏。

我必须为您而歌——酒泉。

从哈萨克人的毡帐开始，做一匹驰骋的马

由南向北到敦煌、瓜州，再折向东到酒泉。

沧海中我只是一颗渺小的沙粒，但我要翻出钥匙

打开河西的门庭，取出肃州的名字，留住烟火。

我想写下，当金山下，牵着骆驼赶着落日逐水草而居的

哈萨克人、蒙古人，嚼碎阳光，洒下一地的温柔

打造出安逸、自由、洒脱、宽广与博大的日子；

我想写下，月牙泉冲破尘封亿万年的黄沙

种下一棵嫩芽，孕育出一片生命色彩的过程；

我想写下，隋唐工匠手中的凿子，塑造出不会惆怅的洞窟；

我想写下，穿着红衣的高僧大德绘出莫高窟流芳百世的壁画；

我想写下，洗净玄奘法师一路风尘的党河水；

我想写下，瓜州唱着西北情歌的万亩良田，水做的女人；

我想写下，大漠胡杨千年不倒的风姿，淘洗金色的岁月；

我想写下，劈裂苍穹，仰天长啸的"长征利剑"；

我多想穿过草原的尽头，穿过五千年历史的厚书，

找到震撼过我黑夜的流光。

然而，蒙神眷顾的旅程中，我却在您的暮色里，

亦如迟钝的麦芒。

我甚至无法用零乱的脚步，去丈量您的博大与深邃。

抒写酒泉，写鸟，写花，写阳光出征的情景，

抒写大漠落日的悲壮都过于庸俗，甚至卑微。

抒写酒泉，就必须从一只鹰飞翔的哲理开始！一支笔和一张纸，

必须背负世俗的巨石，才能写下入木三分的厚重，

才能走向阳光分娩的季节，才能看到花红柳绿的繁荣。

毕竟，这片深情的土地之下，沉淀着西域太多的历史文化。

2

五千年，五千年！当你的脚伸进敦煌，风沙里便跑出月氏、

乌孙，连同睡了五千年的烽火墩，更或是那些回鹘、西夏、

　蒙古人都足以让你膜拜和敬仰。

敦煌啊！我舞动着长袖翻飞的丝路花雨，

我偎依于你的怀中，彻夜偷听着党河水低头赶路的声音，

听那流沙河边白龙马的嘶鸣。

让我无数次折返于前秦、北朝、十六国、隋、唐、西夏

再到元朝的梦中。

对大地，对星光，对苍穹，我说原谅我，原谅我

从经卷中盗去你燧石的语言，以及唐卡和壁画上奔跑的历史。

你让我想起英国的斯坦因，法国的伯希，

还有华尔纳，还有奥登堡，还有奥勃鲁切夫的 50 根蜡烛

他们的脸上蒙着黑布。然而，世人在蜡烛炙干我最后一滴

血液的疼痛时醒来。

风没有吹走历史，只是卷起了沙尘，是久远的年代，

压在舌头下的荒芜，原谅我从历史的炭灰里翻出一点星火。

感恩西域大漠最后一抹苍茫的光，留下西域敦煌最后的魂。

为你，我长跪于你的脚下感激流泪。

五千年的敦煌，与华夏文明二十四史并肩的敦煌

任我的笔尖在纸张上，如风般来来去去飞奔。

也无法写下西域大漠游牧历史的日出日落，无法写下大漠

　　五千年日月的长度。

3

我饮马党河，放任一条河流的涛声渐渐远去。

做一次囚禁关外的王子吧，我觊觎一块岩石和花朵的肉体，

我在你凄美的原野中，等待返青的季节。

东方的旭日，射出的十万支箭镞，让寒冬丢盔弃甲，

逃向北方以北。关内杏花已打湿村落，灵雀催醒五更的虫子，

等待一场盛宴的开始，这盛宴是五月胸口燃烧的火，

生生不息的火。

起来吧！睡在明皇帝城池上的将士们。

你已睡过了大清王朝 276 年的兴旺与衰落。

我要入关，为我打开尘封千年的门庭。苏武锈蚀的牧鞭，

霍去病西征的号角，薛仁贵怒吼的宝刀，

窝阔台手中的弯弓，已返回关内的史志。

唯有我与我座下的汗血宝马，集结于嘉峪关城下，

等待入关。

4

向前一步，阳光落入肃州的草丛，开出花蕾。

谁的手碰落了天上的星辰？饥渴的酒神，还在静静地等待，

　那坛深埋千年的老酒。

地若不爱酒，地应无酒泉。

你的名字，已刻入我的骨髓。

时间的手里握着刀子，也握着光芒。

放下手中焦虑而不成行的诗篇，让所有的遗憾入睡。

现代文明滋养的土地，站在厚重历史的肩上对你说：

解冻的思想会燃烧，繁荣不需要一张纸和笔去讨论，

现实生活，不需要蜂巢一样的修辞。

高楼、安睡的花园以及满城的灿烂会让你的目光更加辽阔。

致敬！我坐在大地上的城市！

5

站着等你三千年的胡杨女啊！

一支金黄的火把，火势如歌如帆。

因为你，我开始狂热于你生活的一切词汇，我不说孤独，

我不说悲悯。

因为你，我必须埋下我诗歌爆发的情绪，以新鲜而浓烈的

　心脏，跟随你执着的张力，用我的手掌，敲击大地金色的鼓。

因为你，我必须只说母语，

用母语淘洗一片足够养命的金色。

6

这片土地上，"神七"的按钮，将甲骨文的睡梦送向太空，

在亿万人的心尖上，燃起熊熊火焰。

是贫穷的疼痛迸发出的火焰，是国富民强的火焰。

升起过 54 颗卫星，10 艘神舟飞船，1 艘天宫实验室，10 位

　　航天员，34 位将军的土地！

对您，必须给予大地母亲的名分。感谢这个世界，

用知识解放了愚昧，我开始狂热一切生活的真理。

为你，我跪在曾经贫瘠荒芜的土地上，为你，

我跪在阳光铺满山河的灿烂上，

为你，终将以原始的姿态，吹奏您的神圣。

　　　　　　　——原载于《北方作家》2022 年第 1 期